Another Sommer-Time Story™ Bilingual

The Great Royal Race

La Gran Carrera Real

By Carl Sommer
Illustrated by Dick Westbrook

Advance • HOUSTON
PUBLISHING, INC.
A Division of Sommer Learning Group

Permissions
Advance Publishing, Inc.
6950 Fulton St.
Houston, TX 77022

www.advancepublishing.com

First Edition
Printed in Malaysia

Library of Congress Cataloging-in-Publication Data

Sommer, Carl.
  [Great royal race. English & Spanish]
  The great royal race = La gran carrera real / by Carl Sommer ; illustrated by Dick Westbrook. -- 1st ed.
      p. cm. -- (Another Sommer-time story)
  Summary: With the help of her father, a princess designs a race among three suitors for her hand in marriage that will reveal her one true love.
  ISBN-13: 978-1-57537-152-8 (library binding : alk. paper)
  ISBN-10: 1-57537-152-9 (library binding : alk. paper)
  [1. Princesses--Fiction. 2. Kings, queens, rulers, etc.--Fiction. 3. Running--Fiction. 4. Spanish language materials--Bilingual.] I. Westbrook, Dick, ill. II. Title. III. Title: Gran carrera real.

PZ73.S655143 2008
[E]--dc22

                                                                                        2008002384

Another Sommer-Time Story™ Bilingual

The Great Royal Race

La Gran Carrera Real

Once upon a time, in a land far away, there lived a lovely young princess named Elizabeth.

She was kind and gracious, the delight of the kingdom. And now that she had come of age, it was time for her to choose...her one true love.

Había una vez, en una lejana tierra, una joven y encantadora princesa llamada Elizabeth.

Era era amable y bondadosa, el deleite de todo el reino. Ahora que ya tenía edad suficiente para casarse, era tiempo de que escogiera... a su único y verdadero amor.

From across the land came three fine suitors—Simon, Thomas, and John.

Simon was trained in the finest of schools and was charming to all the fair maidens. He knew what to say and just how to say it, and he knew how to get what he wanted. Simon wanted to be a wealthy prince!

Del otro extremo del reino, vinieron tres atractivos pretendientes—Simón, Tomás y Juan.

Simón había sido educado en las mejores escuelas, y era encantador con todas las hermosas doncellas. Él sabía qué decir y cómo decirlo, y sabía cómo obtener lo que quería. ¡Simón quería ser un príncipe rico!

Thomas was strong and handsome—a captain in the Royal Guard. When he rode into town dressed in his shining armor, the young women adored him. But Thomas had lofty dreams. He planned to marry the princess, for she was in line to the throne. And the royal decree stated that whomever she married would be the next king.

"I'll ride a white horse and parade through the towns," he boasted. "All the people will rush from their homes just to catch a glimpse of...ME!"

Tomás era fuerte y guapo—era capitán de la Guardia Real. Cuando entraba al pueblo montado en su caballo, vestido con su brillante armadura, las mujeres jóvenes lo adoraban. Pero Tomás tenía sueños muy altivos. Él planeaba casarse con la princesa porque era la heredera del trono. El decreto real establecía que quien se casara con ella, sería el próximo rey.

"Montaré un caballo blanco y desfilaré por los pueblos", se jactaba él. "¡Toda la gente saldrá corriendo de sus casas sólo para poder verme...a MÍ!"

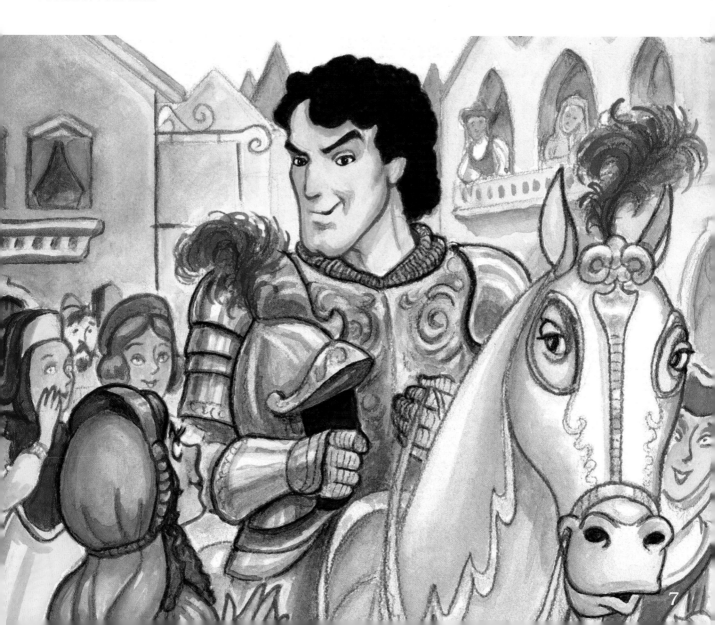

And then there was John—a commoner and a dreamer.

The day he and the princess first met, John was covered with mud. He was helping an old man get his wagon out of a ditch.

"Who is that man?" asked the princess.

Those nearby answered, "His name is John. He is a good man—always helping someone."

Elizabeth walked over to John. "It's a fine thing you're doing—lending a helping hand."

Y después estaba Juan—un plebeyo y soñador.

El día que él y la princesa se conocieron, Juan estaba cubierto de lodo. Él estaba ayudando a un hombre ya viejo a sacar su carreta de una zanja.

"¿Quién es ese hombre?", preguntó la princesa.

Los que se encontraban cerca contestaron, "Su nombre es Juan. Es un buen hombre—siempre ayudando a los demás".

Elizabeth caminó hacia Juan. "Es algo muy bueno lo que haces—prestar ayuda", dijo ella.

"Thank you," said John, wiping his face. He then looked up at the kindhearted princess and suddenly fell deeply in love.

When John told his friends, they laughed at him. "Forget it! You weren't born to be a prince."

"Maybe she will become a commoner," he said.

"It's utterly hopeless," his friends told him.

But by the time the princess had gotten back to the castle, something strange had happened to her—she could not get John out of her mind.

"Gracias", dijo Juan limpiando su cara. Entonces miró a la princesa bondadosa y de repente, en ese mismo momento, quedó profundamente enamorado.

Cuando Juan se lo dijo a sus amigos, se rieron de él. "¡Olvídalo! Tú no naciste para ser un príncipe".

"Tal vez ella se convierta en plebeya", dijo él.

"Eso es totalmente imposible", le dijeron sus amigos.

Sin embargo, para cuando la princesa regresó al castillo, algo extraño le había sucedido—no podía sacar a Juan de su mente.

From early on Elizabeth's mother had taught her, "You are a wealthy princess, and many men will want to marry you. Be careful, and choose your prince wisely."

Desde que Elizabeth era pequeña, su mamá le había enseñado: "Tú eres una princesa rica y muchos hombres querrán casarse contigo; debes tener mucho cuidado y escoger con sabiduría a tu príncipe".

The queen would explain, "Seek a man of good character—one who will honor and respect you. Such a man will never ask you to do anything wrong.

"You must find the one who truly loves you. Then it will not matter to him whether you are rich or poor, sick or well, a princess or a peasant."

La reina le explicaba, "Busca a un hombre de buen carácter—alguien que siempre te honre y te respete. Un hombre así nunca te pedirá que hagas algo incorrecto.

"Debes encontrar a aquél que verdaderamente te ame. Entonces a él no le importará si eres rica o pobre, si estás enferma o sana, o si eres una princesa o una campesina".

Each of the suitors had always behaved with honor—at least around the princess.

Still she wondered, "If I choose a prince, how can I be certain he really loves me? Perhaps he wants only to be rich and famous."

At last she decided, "I'll ask Father. He'll know what to do!"

Los pretendientes se habían comportado siempre honorablemente—al menos cuando estaban cerca de la princesa.

Sin embargo, ella se preguntaba, "Si escojo un príncipe, ¿cómo puedo estar segura de que realmente me ama? Quizás sólo quiere ser rico y famoso".

Finalmente decidió, "Le preguntaré a Papá. ¡Él sabrá qué hacer!"

Down the hall and past the guards went the beautiful princess.
"Father, may I speak with you?"
With a snap of his finger, the king cleared the room.
Elizabeth then told her father about Simon, Thomas, and John.
She asked him how she could be sure to choose the right prince.
The king sat quietly thinking.

La hermosa princesa bajó al salón y pasó los guardias.
"Padre, ¿puedo hablar contigo?"
Con sólo chasquear sus dedos, el rey desalojó el salón.
Entonces Elizabeth le contó a su padre acerca de Simón, Tomás
y Juan, y le preguntó cómo podría estar segura de escoger al
príncipe correcto.
El rey se quedó pensando en silencio.

"I have an idea!" the king finally said. He shared with her what he thought she should do.

"Excellent!" said Elizabeth. "That will show who really loves me."

Elizabeth thanked her father and left the palace excited about what was going to happen.

"¡Tengo una idea!", dijo finalmente el rey, y compartió con ella lo que pensaba que debía hacer.

"¡Excelente!", dijo Elizabeth. "Eso demostrará quién realmente me ama".

Elizabeth le dio las gracias a su padre y dejó el palacio emocionada por lo que sucedería.

Elizabeth called her three suitors to the courtyard and told them about the test.

"His Majesty, the King, has planned a race. It is a test of true love. The winner of the Great Royal Race...shall be my prince."

Elizabeth reunió a sus tres pretendientes en el patio y les contó sobre la prueba.

"Su Majestad, el Rey, ha preparado una carrera. Es una prueba de amor verdadero. El ganador de La Gran Carrera Real...será mi príncipe".

When Elizabeth left, the three men talked about the race.

"If I win," exclaimed Simon, raising his hands, "I'll become a wealthy prince!"

"If I win," boasted Thomas, "I'll be famous!" He stuck out his chest and bellowed, "For *I*...will be the next king!"

John simply whispered, "If I win, I'll marry the most lovely and kind person in the world."

Cuando Elizabeth se fue, los tres hombres hablaron sobre la carrera.

"Si yo gano", exclamó Simón levantando las manos, "¡llegaré a ser un príncipe rico!"

"Si yo gano", se jactaba Tomás, "¡seré famoso!" Sacó el pecho y gritó, "¡Porque *yo*... seré el próximo rey!"

Juan simplemente susurró, "Si yo gano, me casaré con la persona más encantadora y amable del mundo".

19

Back at the palace, the princess chatted with her ladies-in-waiting. The race would be such an exciting time for all. Elizabeth's heart was already pounding—for soon she would discover her one true love.

De regreso en el palacio, la princesa hablaba con sus damas de honor. La carrera sería un momento verdaderamente emocionante para todos. El corazón de Elizabeth ya latía fuertemente—porque pronto descubriría a su único y verdadero amor.

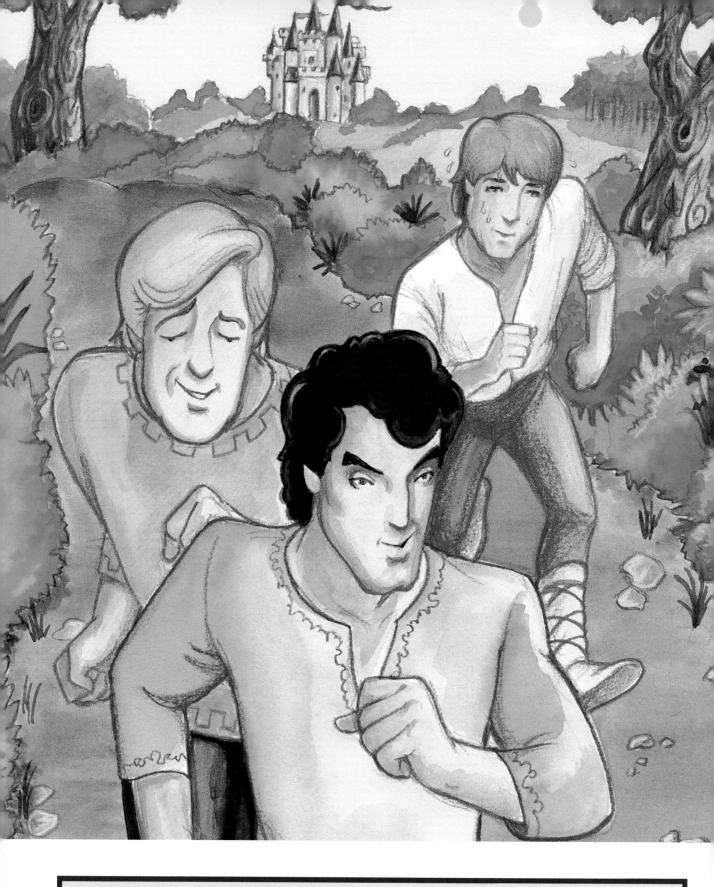

Day after day Simon, Thomas, and John trained hard for the race.

Día tras día, Simón, Tomás y Juan se entrenaban intensamente para la carrera.

Whether pouring rain or searing heat, the suitors ran…and ran…and ran. They knew the chance to marry the princess was worth every sacrifice.

Bajo la fuerte lluvia o el calor abrasador, los pretendientes corrían…y corrían…y corrían. Sabían que la oportunidad de casarse con la princesa valía cualquier sacrificio.

The Great Royal Race was the talk of the kingdom. No one had ever heard of such an event.

Some even complained, "The princess is very foolish for having a race to decide on a prince!"

La Gran Carrera Real era el tema de conversación en todo el reino. Nadie había escuchado jamás acerca de un evento como éste.

Algunos hasta se quejaban, "¡La princesa es muy tonta por elegir a su príncipe mediante una carrera!"

Meanwhile, the king called three of his most trusted servants. He told them, "This race is very, very important."

After explaining the plan, the king gave each of his servants a brown leather bag... and one final warning, "Don't let anyone see you!"

"Yes, Your Majesty," came the answer. "Be assured no one will find out."

Mientras tanto, el rey llamó a tres de sus servidores más confiables y les dijo, "Esta carrera es muy, muy importante".

Después de explicarles el plan, el rey le dio a cada uno una bolsa de piel de color café... y una advertencia final, "¡Que nadie los vea!"

"Sí, Su Majestad", contestaron, "puede estar seguro de que nadie se enterará".

Finally it arrived—the day of the Great Royal Race. People from all the towns and villages of the kingdom lined the streets. Everyone, both young and old, had come to see the race.

The king, queen, and princess took their places in the Royal Grandstand.

Finalmente llegó—el día de la Gran Carrera Real. Gente de todos los pueblos y villas del reino salieron a las calles. Todos, tanto jóvenes como viejos, habían venido para ver la carrera.

El rey, la reina y la princesa tomaron sus lugares en la Tribuna Real.

With great joy the runners approached the starting line. Their hearts beat with excitement.

Each one had trained long and hard for this moment. Finally they would discover who would have the honor of marrying the beautiful princess.

"Who do you think will win?" whispered a woman.

Con gran alegría los corredores se aproximaron a la línea de salida. Sus corazones latían con emoción.

Cada uno se había entrenado muy fuerte y por mucho tiempo para este momento. Finalmente descubrirían quién tendría el honor de casarse con la hermosa princesa.

"¿Quién crees que ganará?", susurró una mujer.

"It will definitely be either Thomas or Simon," a man quickly answered. "Both are much faster than John."

This was true, and John knew it. Still he purposed in his heart, "I may not be the fastest, but I'm going to try as hard as I can."

The crowds cheered as the suitors walked to the starting line.

"Definitivamente será Tomás o Simón", contestó rápidamente un hombre. "Los dos son mucho más rápidos que Juan".

Eso era verdad, y Juan lo sabía. Aún así, él tenía un propósito en su corazón, "Quizá no sea el más rápido, pero voy a intentar hacerlo lo mejor que pueda".

Las multitudes animaban a los pretendientes, mientras ellos caminaban a la línea de salida.

The king read the rules. Then with a loud voice he announced, "When the town bell rings, the race begins!"
A hush fell over the crowd.

El rey leyó las reglas. Después anunció con fuerte voz, "Cuando suene la campana del pueblo, ¡empieza la carrera!"
Se hizo un gran silencio entre la multitud.

"Clang! Clang!" went the town bell, and like a flash of lightning, Simon, Thomas, and John dashed from the starting line.
The crowds cheered! The Great Royal Race was under way!

"¡Clang! ¡Clang!", sonó la campana del pueblo, y como un rayo, Simón, Tomás y Juan salieron corriendo de la línea de salida.
¡Las multitudes aclamaban! ¡La Gran Carrera Real había comenzado!

Further up the path, the king's servants heard the bells and all the cheering. They knew the race had begun—and they also had prepared for this day. Hiding along the way, they were ready to obey the king's command.

Más adelante en el camino, los servidores del rey oyeron las campanas y todas las ovaciones. Sabían que la carrera había comenzado—y ellos también se habían preparado para este día. Escondidos a lo largo del camino, estaban listos para obedecer las órdenes del rey.

Around the first bend came Simon and Thomas, with John slightly behind. When the servant spotted the runners, he tossed three gold coins onto the path.

Simón y Tomás llegaban a la primera curva, con Juan ligeramente por detrás de ellos. Cuando el servidor divisó a los corredores, tiró tres monedas de oro en el camino.

"W-w-wow!" cried Simon and Thomas, spotting the valuable coins. Their hearts beat with excitement as they quickly picked up the gold.

But not John. He did not miss a step. His heart was fixed on the kind-hearted princess.

Of course, Simon and Thomas also wanted to marry the princess, but how could they possibly pass up this great treasure? Besides, they knew they could easily outrun John.

"¡Ohhh!", gritaron Simón y Tomás al ver las valiosas monedas. Sus corazones latían con emoción mientras levantaban rápidamente el oro.

Pero Juan no. Él no se detuvo ni un sólo paso. Su corazón estaba unido a la bella y bondadosa princesa.

Por supuesto, Simón y Tomás también querían casarse con la princesa, pero ¿cómo podrían dejar pasar este gran tesoro? Además, sabían que fácilmente podrían ganarle a Juan.

Simon and Thomas quickly made up for lost time. But as they rounded the second corner, they could hardly believe their eyes.

Simón y Tomás rápidamente recuperaron el tiempo perdido, pero al llegar a la segunda curva, apenas podían creer lo que veían.

"More gold!" yelled Thomas.
He and Simon dashed for the riches—but John kept running.

"¡Más oro!", gritó Tomás.
Él y Simón se lanzaron para recogerlo—pero Juan siguió corriendo.

It was not long until Simon and Thomas passed John again. As they came to the final turn, the runners caught a glimpse of three more pieces of gold—and these were much larger than the others!

"I'm rich! I'm rich!" cried Simon.

No pasó mucho tiempo antes de que Simón y Tomás pasaran de nuevo a Juan. Mientras se aproximaban a la curva final, los corredores alcanzaron a ver otras tres monedas de oro—¡y éstas eran mucho más grandes que las otras!

"¡Soy rico!, ¡soy rico!", gritó Simón.

The greedy pair dove for the gold. But John never even looked at it—he just kept running.

Simon grabbed one coin, Thomas snatched another. For the last piece of gold, the two men wrestled.

"Give it to me!" Thomas shouted. "I saw it first."

"No!" yelled Simon. "It's mine!"

El par de codiciosos se lanzaron por el oro, pero Juan ni siquiera lo miró—simplemente siguió corriendo.

Simón tomó una moneda, Tomás agarró otra, pero los dos hombres comenzaron a luchar por la última pieza de oro.

"¡Dámela!", gritó Tomás, "yo la vi primero".

"¡No!", gritó Simón, "¡es mía!"

They fought over the coin until Thomas finally said, "I'll let you carry it. But I warn you, we're going to settle this later!"
"You bet we will!" snapped Simon.

Pelearon por las monedas hasta que Tomás finalmente dijo, "Te dejaré llevarla, pero te lo advierto, ¡resolveremos esto después!"
"¡Te lo aseguro!", respondió Simón.

Quickly the pair dusted themselves. They did not want anyone to know they had stopped for the gold—especially the princess.

Then off they went—running as fast as they could, all the while grinning at the sound of gold jingling in their pockets.

Rápidamente los dos se sacudieron el polvo. No querían que nadie supiera que se habían detenido por el oro—especialmente la princesa.

Entonces se fueron—corriendo a toda velocidad, sonriendo ante el tintineo del oro en sus bolsillos.

As the runners came into view, the beautiful princess stood up, cheering them on to the finish.

Although Simon and Thomas were gaining ground, they began wondering if perhaps they were foolish for having stopped for the gold.

Cuando los corredores aparecieron nuevamente, la hermosa princesa se puso de pie para animarlos en la recta final.

Aunque Simón y Tomás estaban ganando terreno, se comenzaron a preguntar si tal vez habían sido tontos por haberse detenido a recoger el oro.

"I must try harder," Simon huffed, "if I am to be a wealthy prince." He picked up speed.

Thomas ran faster than ever. "I must... I must win," he cried, "or I'll never become a famous king!"

Only his love for Elizabeth pushed John along. "I'll do whatever it takes to win the princess." He strained every muscle in his body to run faster. But would it be enough?

At the very last second, all three runners gave a final burst of speed.

"Debo esforzarme más", dijo Simón enfadado, "si quiero ser un príncipe rico", y aceleró el paso.

Tomás corría más rápido que nunca. "Yo debo... yo debo ganar", gritó, "¡o nunca llegaré a ser un rey famoso!"

Sólo su amor por Elizabeth empujaba a Juan a seguir. "Haré lo que sea necesario para ganar a la princesa". Forzaba cada músculo de su cuerpo para correr más rápido. ¿Pero sería esto suficiente?

En el último segundo, los tres corredores hicieron un último esfuerzo por aumentar la velocidad.

The crowd cheered as the runners crossed the finish line. The race was over—the commoner had won!

Simon and Thomas were very angry. They had come so close, yet they had lost the race.

Elizabeth was delighted. Now she knew who really loved her...and not just her wealth and fame.

With tears in her eyes she went to John and said, "You are my prince."

John gave a big smile and said, "And you are my princess!"

La multitud gritaba mientras los corredores cruzaban la línea final. La carrera había terminado—¡el plebeyo había ganado!

Simón y Tomás estaban muy enojados. Habían estado tan cerca, pero aún así habían perdido la carrera.

Elizabeth estaba encantada. Ahora sabía quién realmente la amaba a ella...y no sólo a su fama y riqueza.

Con lágrimas en los ojos, se acercó a Juan y le dijo, "Tú eres mi príncipe".

Juan, con una gran sonrisa le dijo, "¡Y tú eres mi princesa!"

The princess then went to her father and kissed him. She thanked him for helping her find her one and only true love.

Now all the people in the kingdom praised the king for his great wisdom in testing the suitors with gold.

However, throughout the towns and villages, Simon and Thomas became known as the "Foolish Ones."

La princesa se acercó luego a su padre y lo besó. Le agradeció por ayudarla a encontrar a su único y verdadero amor.

Ahora todos en el reino alaban al rey por su gran sabiduría, al haber probado con el oro a los pretendientes.

Sin embargo, en todos los pueblos y villas, Simón y Tomás llegaron a ser conocidos como "Los Tontos".

Soon afterward the kingdom rejoiced as the wedding bells chimed, announcing the marriage of John and Elizabeth.

The king and queen provided a grand marriage feast. Everyone was invited to join in the celebration.

Muy poco después, el reino se alegró mientras las campanas de boda repicaban anunciando el matrimonio de Juan y Elizabeth.

El rey y la reina dieron un gran banquete de bodas. Todos fueron invitados a la celebración.

Elizabeth was forever grateful for her father's wise advice. Not only did John prove that he truly loved her, but in time he also proved that he was born to rule.

John became a very wise and great king, and he and Elizabeth lived happily ever after.

Elizabeth quedó agradecida por siempre con su padre por el sabio consejo que le había dado. Juan no sólo probó que verdaderamente la amaba, sino también que había nacido para gobernar.

Juan se convirtió en un gran y muy sabio rey, y él y Elizabeth vivieron felices para siempre.

Read Exciting Character-Building Adventures
★★★ Bilingual Another Sommer-Time Stories ★★★

978-1-57537-150-4

978-1-57537-151-1

978-1-57537-152-8

978-1-57537-153-5

978-1-57537-154-2

978-1-57537-155-9

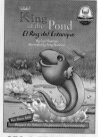
978-1-57537-156-6

978-1-57537-157-3

978-1-57537-158-0

978-1-57537-159-7

978-1-57537-160-3

978-1-57537-161-0

All 24 Books Are Available As Bilingual Read-Alongs on CD

Also Available!
24 Another Sommer-Time Adventures on DVD

English & Spanish

English Narration by Award-Winning Author Carl Sommer
Spanish Narration by 12-Time Emmy Award-Winner Robert Moutal

ANOTHER SOMMER-TIME STORY — Fun Times With Timeless Virtues — Bilingual Series

978-1-57537-162-7

978-1-57537-163-4

978-1-57537-164-1

978-1-57537-165-8

978-1-57537-166-5

978-1-57537-167-2

978-1-57537-168-9

978-1-57537-169-6

978-1-57537-170-2

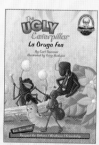
978-1-57537-171-9

978-1-57537-172-6

978-1-57537-173-3

ISBN/Set of 24 Books—978-1-57537-174-0

ISBN/Set of 24 DVDs—978-1-57537-898-5

ISBN/Set of 24 Books with Read-Alongs—978-1-57537-199-3

ISBN/Set of 24 Books with DVDs—978-1-57537-899-2

For More Information Visit www.AdvancePublishing.com/bilingual